STEVEN SEAGAL,

DERNIÈRE LÉGENDE DU FILM D'ACTION ?

Arnaud NIKLAUS

STEVEN SEAGAL,

DERNIÈRE LÉGENDE DU FILM D'ACTION ?

© 2012, Arnaud Niklaus

Edition : BoD – Books on Demand, 12/14 rond-point des Champs Elysées, 75008 Paris

Impression : BoD – Books on Demand, Allemagne

ISBN : 978-2-3220-0486-7

Dépôt légal : décembre 2012

NOTE DE L'AUTEUR

J'ai écrit cet ouvrage pour plusieurs raisons. La première (et probablement la plus logique) est que je suis fan de Steven Seagal.

La deuxième est qu'il n'existe aucun ouvrage en France sur l'acteur. Pourtant, les taux d'audience élevés à chaque passage d'un de ses films sur notre télévision, prouvent que notre pays compte encore des irréductibles.

La troisième et dernière raison, est une volonté d'immortaliser sur papier les informations que je possède sur ce grand bonhomme du cinéma d'action.

Tout ce que j'espère, c'est que mon petit livre lui rende justice.

J'ai essayé (tant bien que mal) de rester objectif sur le cas seagalien, mais ça n'a pas été facile ! Essayer d'analyser une personnalité si complexe demande beaucoup plus de travail qu'il n'y paraît.

Le public de Steven Seagal est également en train de s'agrandir, grâce à l'arrivée d'une nouvelle génération de jeunes fans, qui découvrent l'acteur via ses derniers DVD. Il me semble donc important qu'un ouvrage regroupant les informations le concernant soit disponible pour ces nouveaux arrivants.

Pour ce livre, la plupart des informations viennent de mes archives personnelles. Mais, une partie vient aussi d'autres sources : People, Wikipédia, cinefil.com, Impact, Paris-Match (je les remercie donc au passage).

CHAPITRE 1
NAISSANCE

Ce personnage complexe commence déjà sa vie par un premier mystère. En effet, aucun site internet ou document n'est capable de nous donner l'année exacte de sa naissance. Si la date du 10 avril est reprise partout, l'année varie entre 1949 et 1952 !

Revenons donc à cet heureux événement. Steven Frederic Seagal est né à Lansing, dans le Michigan. Sa mère, Patricia (1930-2003), travaillait dans le milieu médical et son père, Samuel (1928-1991), était professeur de mathématiques. Patricia a des origines irlandaises, Samuel est juif.

Steven a trois sœurs dont on ne sait quasiment rien, si ce n'est que l'une est plus âgée et que les deux autres sont plus jeunes.

ANECDOTE
Dans une interview russe, Steven déclare qu'un de ses grands-pères serait originaire de Mongolie.

CHAPITRE 2
ENFANCE ET ADOLESCENCE

La famille Seagal déménage à Fullerton, en Californie. Steven est alors âgé de cinq ans, il entre à la Buena Park High School. Les jeunes de Fullerton sont violents et peu portés sur le respect des lois (peut-être cela a-t-il inspiré notre homme ?).

Steven fait une scolarité sans vagues, mais passe surtout du temps dans son garage à jouer de la musique (et plus particulièrement du rock). Il commence à étudier les arts martiaux dès l'âge de sept ans, sous la direction du maître de karaté Fumio Demura de l'école Shito-ryu et l'aïkido avec Rod Kobayashi , le président de la Fédération d'Aïkido des États de l'Ouest. Après avoir eu ses examens, il quitte les États-Unis pour le Japon à l'âge de 17 ans (et dans le but d'améliorer sa technique).

RUMEUR

Son premier job aurait été chez Burger King.

CHAPITRE 3
JAPON

Une fois au pays du Soleil Levant, Seagal progresse d'une manière spectaculaire. Il devient officiellement maître en Shin Shin Toitsu Aïkido (ou Ki Aïkido) en 1974. Il se distingue dans la pratique du kendo, du judo, et du karaté.

En 1975, il est le premier Occidental à ouvrir un dojo dans ce pays. Il se marie la même année avec Miyako Fujitani, elle aussi ceinture noire d'aïkido. Il lui laissera son dojo (situé à Osaka) lorsque sa carrière d'acteur prendra son envol.

Après des années d'efforts et de travail acharné, Seagal devient septième dan d'aïkido.

ANECDOTE

Steven Seagal a hérité d'un surnom au Japon : *Panda vigoureux*. À noter que son surnom « international » est *Saumon agile*.

CHAPITRE 4
RETOUR EN AMÉRIQUE

Seagal retourne aux États-Unis vers la fin des années 70 (là encore, la date exacte reste un mystère !). Il s'installe à Taos (Nouveau-Mexique) et ouvre un dojo (avec l'aide de son élève et futur cascadeur, Craig Dunn).

Après un nouveau séjour au Japon, Seagal revient en Amérique au début des années 80. Il ramène dans ses bagages son élève Haruo Matsuoka, futur second rôle dans ses films, et fonde avec lui un dojo en Californie (d'abord à Burbank, puis il le déménage à West Hollywood).

Le monde du cinéma hollywoodien commence à intéresser Seagal. En 1982, il réussit à se faire engager comme coordinateur des scènes d'arts martiaux sur le film *À armes égales* (*The Challenge*). Il occupe également ce poste sur les James Bond : *Jamais plus jamais* (en 1983), et *Dangereusement vôtre* (en 1985). Une rumeur circule d'ailleurs sur ce premier film. En effet, Seagal aurait accidentellement cassé le poignet de Sean Connery pendant un entraînement (cela n'a jamais été confirmé).

Seagal commence à fréquenter les gens qui comptent, notamment Michael Ovitz (patron de la Creative Artists Agency). Mais c'est surtout lors un show télévisé, où il effectue une démonstration d'arts martiaux, qu'il se fait remarquer. Michael Ovitz décide de financer un film d'action dont Seagal aura le premier rôle : ce sera *Nico* (et le début d'une grande carrière).

RUMEURS

– 	Steven Seagal aurait des liens avec le milieu de la mafia. C'est par ce biais qu'il aurait obtenu le premier rôle de *Nico*.

– 	L'acteur aurait été le garde du corps de nombreuses personnalités, dont le président Reagan.

– 	Le comédien aurait travaillé pour la CIA.

CHAPITRE 5
MUSIQUE

La musique a toujours fait partie de la vie de la star. S'il lui est arrivé de prendre sa guitare et de jouer en public, il met en revanche plus de temps à réaliser un album studio. C'est chose faite en 2005 !

Songs from the Crystal Cave (2005)

Premier album studio de Steven Seagal : il y est à la fois producteur, chanteur et guitariste, il y joue également de la batterie et des percussions.
Ce disque est un mélange de différents genres musicaux : pop, country, blues, et world music.
Seagal écrit, ou co-écrit, tous les titres du disque. Les paroles sont

en grande partie inspirées par la spiritualité et l'ésotérisme bouddhistes.

Un vidéo clip est réalisé pour le single *Girl It's Alright*. Plusieurs chansons de cet album finissent sur la bande son du film *Into the sun*.

À noter la participation de Stevie Wonder qui joue de l'harmonica sur le titre *My God*.

Ce disque est très bien reçu par la critique et le public. Il en vend 50000 en France et décroche un disque d'argent.

Mojo Priest (avril 2006)

Second album studio de Steven Seagal, il est toujours producteur, chanteur, et guitariste. Au contraire de *Songs from the Crystal Cave*, ce disque reste dans la veine « blues traditionnel », les paroles y sont donc bien plus légères. La chanson *Aligator Ass* est choisie comme single.

Pour la promotion, une grande tournée passant par les États-Unis et l'Europe est organisée.

Encore une fois, l'album reçoit un accueil chaleureux.

ANECDOTE
Steven Seagal travaille depuis quelque temps sur un troisième album studio.

CHAPITRE 6
BOUDDHISME

Steven Seagal est bouddhiste.

ANECDOTES
Seagal aurait été identifié par Penor Rinpoché, maître de l'école bouddhiste tibétaine *nyingmapa*, comme *tulku*, c'est-à-dire réincarnation d'un grand Lama tibétain (Chungdrag Dorje).
Lorsque Yabshi Pan Rinzinwangmo, fille unique du dixième Panchen-lama, Choekyi Gyaltsen, habitait à Washington et étudiait les sciences politiques à l'université américaine, elle aurait été sous la garde personnelle de Seagal.

CHAPITRE 7
TÉLÉRÉALITE

En novembre 2008, la chaîne de télévision américaine A&E annonce un nouveau programme de téléréalité : *Steven Seagal : Lawman*. Mais avant tout, il faut savoir que Seagal occupe depuis les années 90 la fonction de sheriff-adjoint réserviste du comté de Jefferson Parish, en Louisiane. La chaîne décide donc de filmer l'acteur au quotidien dans ce rôle de protecteur de l'ordre public.

La diffusion aux États-Unis du premier épisode a lieu le 2 décembre 2009, elle est suivie par plus de 3,6 millions de téléspectateurs. La saison 1 est un triomphe (plus grosse audience de l'histoire de la chaîne pour une émission de téléréalité).

Le programme sera reconduit pour une deuxième et troisième saison. À noter que la saison 3 se passe à Maricopa County (Arizona). Seagal déclare que ce projet a pour but de montrer le travail positif réalisé en Louisiane depuis l'ouragan Katrina.

RUMEUR
Une saison 4 de *Lawman* pourrait voir le jour.

CHAPITRE 8
RÉCOMPENSES

N'ayant jamais été pris au sérieux par l'industrie cinématographique et les médias, Steven Seagal n'a été nominé qu'aux Razzie Awards (cérémonie parodique des Oscars).

Nominations

– 1995 : pire film pour *Terrain Miné*.
– 1997 : pire second rôle pour *Ultime Décision*.
– 1999 : pire acteur pour *Menace Toxique*.
– 1999 : pire film pour *Menace Toxique*.
– 1999 : pire couple à l'écran pour *Menace Toxique* (avec sa guitare).
– 1999 : pire chanson originale

pour *Menace Toxique* (chanson *Fire Down Below*).

– 2003 : pire acteur pour *Mission Alcatraz*.

Récompenses

– 1995 : pire réalisateur pour *Terrain Miné*.

CHAPITRE 9
ACTIVISME

Si l'industrie cinématographique refuse de reconnaître le talent de Seagal, notre homme s'est distingué dans une autre catégorie. En effet, il a été récompensé par l'association PETA (People for the Ethical Treatment of Animals) en 1999, qui lui a donné un PETA Humanitarian Award pour son combat pour la protection des animaux.

ANECDOTE
La défense des animaux reste un sujet important aux yeux de Seagal. En 2003, il écrit au gouvernement thaïlandais pour qu'il mette en place une loi contre la torture des bébés éléphants.

CHAPITRE 10
VIE SENTIMENTALE

Miyako Fujitani : première femme de Seagal. Ils se marient en 1975 au Japon. Deux enfants naissent de cette union : un fils (l'acteur Kentaro Seagal), et une fille (l'actrice Ayako Fujitani). Seagal quitte Miyako lors de son retour aux États-Unis.

Adrienne La Russa : seconde femme de Seagal. Ils ne peuvent se marier qu'en 1984 (car le divorce de Seagal avec Miyako Fujitani met du temps à être officialisé). Le couple divorce en 1987, quand la relation entre Seagal et Kelly LeBrock est rendue publique.

Kelly LeBrock : troisième femme de Seagal. Ils se marient en 1987.

Ils ont trois enfants : deux filles (Annaliza et Arissa), et un fils (Dominic). En 1994, Kelly demande le divorce pour « différend irréconciliable ». On apprendra plus tard que Seagal a eu une liaison avec la baby-sitter de ses enfants : Arissa Wolf. Une fille est née de cette relation, Savannah.

Erdenetuya Batsukh (surnommée *Elle*) : quatrième femme de Seagal (de nationalité mongole). Ils se marient en 2009. Le couple a un fils : Kunzang. *Elle* est une danseuse professionnelle très respectée en Mongolie, elle a fait ses classes au *Children's Palace,* à Ulaanbaatar (en Mongolie).
Leur première rencontre eu lieu en 2001, lors de la visite de Seagal en Mongolie (*Elle* lui a servi

d'interprète).

ANECDOTE
Seagal est grand père depuis 2006 :
son fils Kentaro a eu deux enfants
(en 2006 et 2007).

CHAPITRE 11
SA DEMEURE

Steven Seagal vit actuellement dans une vaste demeure dans les collines désertiques de l'Arizona (Scottsdale). Il y réside avec sa femme (Elle), son fils (Kunzang), et ses chiens. Il possède également un ranch dans le Colorado.

CHAPITRE 12
SEAGAL ET LA JUSTICE

Steven Seagal et la justice américaine sont depuis quelques années régulièrement en contact...

–   Julius R. Nasso (avec qui Seagal a fondé la boîte de production Seagal/Nasso en 1990) tente de l'intimider pour qu'il honore un contrat de quatre films déjà prévendus par Nasso. L'affaire se règle devant les tribunaux, Nasso est condamné à un an de prison. Les deux hommes finissent par trouver un arrangement financier.

–   En avril 2010, Kayden Nguyen (une ancienne assistante de Seagal, âgée de 23 ans) attaque l'acteur en justice pour harcèlement sexuel. Cette dernière accuse Seagal de l'avoir utilisée comme

« jouet sexuel ». L'avocat de l'acteur déclare que « la plainte ridicule et absurde » déposée par Kayden Nguyen contre Steven Seagal émane « d'une ex-employée déçue, licenciée pour usage de drogues ». En juillet 2010, la jeune femme retire sa plainte.

–   En 2011, Steven Seagal est accusé par Jesus Llovera d'avoir massacré une centaine de coqs et un chiot, au cours d'une intervention policière (dans le cadre de la saison 3 de *Lawman*). Les forces de l'ordre ont débarqué chez Llovera (suspecté d'élever des coqs de combat dans sa basse-cour) avec une douzaine d'hommes d'une unité d'intervention, des voitures et un tank.

Jesus Llovera réclame 100000 dollars de dommages pour les dégâts, ainsi qu'une « lettre d'excuses de Steven Seagal à ses enfants, pour avoir tué leur chien de onze mois, l'animal adoré de la famille ».

Seagal a réagi face à ces accusations : « Je ne suis pas un tueur de chiot ! On m'a donné beaucoup de noms au long de ma carrière, dont certains pas très gentils. Mais être étiqueté comme quelqu'un de violent auprès des animaux, ça dépasse les bornes et tout simplement je ne l'accepte pas. »

CHAPITRE 13
DIVERS

J'ai choisi de regrouper dans ce dernier chapitre divers détails concernant Steven Seagal.

True justice

En 2010, Steven Seagal annonce la création de sa propre série policière. C'est ainsi que voit le jour *True Justice*, une série racontant l'histoire de Elijah Kane (joué par Steven Seagal) et de son équipe de policiers, basée à Seattle.

La saison 1 de treize épisodes rencontre très vite le succès, notamment en France où elle enregistre d'excellentes audiences sur les chaînes 13ème RUE et NRJ12.

Devant ces débuts très prometteurs, une saison 2 a été filmée début 2012.

Steven seagal's lightning bolt

Steven Seagal a également sa propre boisson énergétique ! La *Steven Seagal's lightning bolt* est produite à base de diverses huiles homéopathiques. L'acteur n'a pas hésité à vanter les mérites de sa boisson : « J'ai voyagé dans le monde entier pour créer cette boisson, je crois qu'il n'y a rien de meilleur. »

FILMOGRAPHIE

NICO (ABOVE THE LAW)

Année : 1988

Distributeur : Warner Bros

Réalisateur : Andrew Davis

Casting : Steven Seagal (Nico Toscani), Sharon Stone (Sara Toscani), Pam Grier (Delores Jacks Jackson)

Budget : 7,5 millions de dollars

Box-office : environ 20 millions de dollars (mondial)

Histoire :
Nico est un bon père de famille. Droit et intègre. Il en est de même au boulot : il fait son job. Nico est flic. Et quand il découvre que ses

collègues de la CIA trempent dans une affaire de trafic de drogue aux ramifications internationales, il ne peut se résoudre à fermer les yeux.
Nico a fait le Vietnam et il en est revenu : désormais, plus rien ni personne n'aura raison de lui. Et il ira jusqu'au bout, quelles qu'en soient les conséquences...

ANECDOTES

– Premier film et premier succès pour Steven Seagal. Il lui permet de passer de quasi-inconnu à nouvelle star du film d'action américain.

– Suite à ce succès, Seagal signe un contrat pour dix films chez Warner Bros. Sa carrière d'acteur est lancée !

– Les photos qu'on voit au début du film sont de véritables photos de la jeunesse de Steven

Seagal.

– En plus du rôle principal, le comédien est également coproducteur et coscénariste du film.

– Toutes les armes qu'on voit dans le film ont été personnellement choisies par Seagal.

ECHEC ET MORT (HARD TO KILL)

Année : 1990

Distributeur : Warner Bros

Réalisateur : Bruce Malmuth

Casting : Steven Seagal (Mason Storm), Kelly LeBrock (Andy Stewart), William Sadler (le sénateur Trent)

Budget : 10 millions de dollars

Box-office : 49 millions de dollars (mondial)

Histoire :
Sept ans de coma n'ont pas éloigné Mason Storm des tueurs qui veulent sa peau. Le flic a vu des

choses qu'il n'aurait pas dû voir... Et maintenant qu'il parvient à rouvrir les yeux, c'est avec le souvenir de l'assassinat sauvage de sa femme et de son fils. Mais Storm n'est pas homme à se laisser abattre. Assoiffé de vengeance, il est décidé à éliminer ses agresseurs et à faire justice...

ANECDOTES
–   Ce film a atteint la première place du box-office américain.
–   Comme beaucoup de films de Seagal ayant eu du succès, une suite est régulièrement évoquée (mais rien ne s'est concrétisé pour l'instant).
–   Le film a été tourné sous le titre *Seven Year Storm*, mais la Warner a finalement changé le titre pour que cela fasse plus film d'action.

DESIGNÉ POUR MOURIR (MARKED FOR DEATH)

Année : 1990

Distributeur : 20th Century Fox

Réalisateur : Dwight H. Little

Casting : Steven Seagal (John Hatcher), Basil Wallace (Screwface), Keith David (Max), Danny Trejo (Hector)

Budget : 12 millions de dollars

Box-office : 58 millions de dollars (mondial)

Histoire :
John Hatcher est un flic incorruptible qui va jusqu'au bout. Ayant décidé de rendre visite à sa

famille dans une petite ville des USA, il ne tarde pas à se heurter aux dealers locaux, dominés par Screwface, assassin impitoyable et adepte du culte vaudou. Quand Screwface s'en prend à la famille de Hatcher, celui-ci décide de traquer le trafiquant jusqu'aux Caraïbes...

ANECDOTE
C'est la première fois que Steven Seagal et Danny Trejo se rencontrent. Les deux acteurs se retrouvent dans les films *Urban Justice* (en 2007) et *Machete* (en 2010).

JUSTICE SAUVAGE (OUT FOR JUSTICE)

Année : 1991

Distributeur : Warner Bros

Réalisateur : John Flynn

Casting : Steven Seagal (Gino Felino), William Forsythe (Richie Madano), Anthony DeSando (Vinnie Madano)

Budget : 14 millions de dollars

Box-office : 40 millions de dollars (aux USA)

Histoire :
Élevés dans le même quartier, Gino et Richie auraient pu devenir amis. Mais chacun d'eux a choisi

un côté de la justice. Gino le bon et Richie le mauvais. Devenu flic à Brooklyn, Gino n'a qu'une idée en tête : éliminer la pourriture qui gangrène New-York et faire payer à Richie l'assassinat de son co-équipier. Mais dans cette ville, il n'y a pas de règles pour asséner les coups et seule l'ultra-violence peut répondre à l'ultra-violence.

ANECDOTES

–   Lors de la scène de bagarre entre Gino et Richie, Steven Seagal a accidentellement blessé William Forsythe au nez en cognant ce dernier contre un mur.

–   Le juron *fuck* est prononcé 114 fois dans le film.

PIEGE EN HAUTE MER (UNDER SIEGE)

Année : 1992

Distributeur : Warner Bros

Réalisateur : Andrew Davis

Casting : Steven Seagal (Casey Ryback), Tommy Lee Jones (William Strannix), Gary Busey (commandant Krill), Nick Mancuso (Tom Breaker), Erika Eleniak (Jordan Tate)

Budget : 35 millions de dollars

Box-office : 156 millions de dollars (mondial)

Histoire :
Des terroristes, avec à leur tête un

ancien agent de la CIA, assiègent le navire nucléaire le plus puissant de la Marine américaine. Leur but : vendre cet arsenal nucléaire à des trafiquants d'armes internationaux. Mais dans ce plan parfait, ils oublient un détail : Casey Ryback, cuisinier du navire et ex-combattant d'élite. Son plat favori : l'action de commando...

ANECDOTES

– Ce film reste le plus gros succès de Steven Seagal, et l'impose définitivement comme un des acteurs de film d'action de premier plan.

– C'est la deuxième fois que le réalisateur Andrew Davis dirige Seagal (après *Nico*).

– Ce film fait exploser la popularité de l'acteur Tommy Lee Jones (qui confirme l'année d'après avec le film *Le Fugitif*, toujours réalisé par Andrew Davis).

TERRAIN MINE (ON DEADLY GROUND)

Année : 1994

Distributeur : Warner Bros

Réalisateur : Steven Seagal

Casting : Steven Seagal (Forrest Taft), Michael Caine (Michael Jennings), Billy Bob Thornton (Homer Carlton)

Budget : 50 millions de dollars

Box-office : environ 40 millions de dollars

Histoire :
Au cœur de l'Alaska, un puissant consortium pétrolier met en péril l'équilibre écologique de la région

en négligeant les règles de sécurité les plus élémentaires. Réquisitionné pour éteindre un premier incendie, Forrest Taft ne tarde pas à découvrir qu'il a affaire à des mercenaires sans scrupules...

ANECDOTES

– Après le succès mondial de *Piège en haute mer*, Steven Seagal veut passer de l'autre côté de la caméra. Warner Bros lui confie donc un budget conséquent et lui laisse carte blanche. L'acteur, qui aimerait sensibiliser le public à des problèmes écologiques majeurs, se lance donc dans le tournage d'un nouveau film d'action (mais d'un tout nouveau genre). En effet, Seagal crée avec ce film un style encore inédit : le film d'action écologique (dont l'acteur reste encore aujourd'hui l'unique représentant). Malheureusement, le public n'est pas du tout réceptif au message du film. C'est un échec financier. Pire encore, Seagal est tourné en dérision par la presse (notamment à cause de son discours écologique à la fin du film, jugé ridicule et moralisateur). Il recevra de nombreuses nominations aux Razzie Awards (et sera récompensé dans la catégorie pire réalisateur).

– C'est la Warner qui a imposé le titre du long-métrage au comédien, pour faire plus « action » (les titres d'origine étant *Rainbow Warrior*, puis *Spint Warrior*).

– Seagal soutient, encore aujourd'hui, sa création. C'est la première et seule réalisation à ce jour de l'acteur.

– De nombreux acteurs ont

postulé pour le rôle finalement obtenu par Michael Caine : Anthony Hopkins, Alan Rickman, et Jeremy Irons.

RUMEUR
 Seagal aurait accepté de tourner *Piège à grande vitesse* à la seule condition qu'on lui laisse réaliser son propre film avant.

PIEGE A GRANDE VITESSE (UNDER SIEGE 2 : DARK TERRITORY)

Année : 1995

Distributeur : Warner Bros

Réalisateur : Geoff Murphy

Casting : Steven Seagal (Casey Pyback), Katherine Heigl (Sarah Ryback), Nick Mancuso (Tom Breaker), Morris Chestnut (Bobby Zachs), Eric Bogosian (Travis Dane)

Budget : 60 millions de dollars

Box-office : 105 millions de dollars (mondial)

Histoire :

Le Grand Continental et ses passagers sont les otages d'un ingénieur surdoué et dangereux, Travis Dane. Son but : obtenir du gouvernement une rançon d'un milliard de dollars. Sinon, grâce à un satellite placé sous son contrôle, il rayera Washington de la carte ! Son plan est parfait à un détail près : l'un des passagers du train est un ancien marine, ex-cuisinier à bord de l'USS Missouri : Casey Ryback...

ANECDOTES

– Après l'échec de *Terrain Miné*, Steven Seagal a besoin de prouver que ce n'était qu'un accident de parcours. Il se tourne naturellement vers la suite de son plus grand succès, et reprend le rôle de Casey Ryback.

– C'est un des premiers rôles

principaux de l'actrice Katherine Heigl, qui est plus connue de nos jours pour son rôle dans la série *Grey's Anatomy*.

– L'acteur Jeff Goldblum a refusé le rôle de Travis Dane.

– Le coproducteur du film, Julius R. Nasso, joue le rôle d'un otage dans le train.

ULTIME DECISION (EXECUTIVE DECISION)

Année : 1996

Distributeur : Warner Bros

Réalisateur : Stuart Baird

Casting : Kurt Russell (David Grant), Halle Berry (Jean), Steven Seagal (Austin Travis), John Leguizamo (Carlos Rat Lopez)

Budget : 60 millions de dollars

Box-office : 122 millions de dollars (mondial)

Histoire :
Alerte au Pentagone ! Une des plus dangereuses organisations terroristes au monde a pris en

otages les passagers d'un Boeing 747. Pour David Grant, des services de renseignements, cette action n'est qu'un leurre cachant le vrai but des terroristes : faire exploser l'avion au-dessus de Washington pour répandre un gaz mortel ! Aidé du Colonel Travis, Grant va tenter l'impossible : intercepter le 747 en vol avec un commando d'élite avant que l'irréparable ne se produise...

ANECDOTES
–   Steven Seagal est la guest star du film, les premiers rôles étant occupés par Kurt Russell et Halle Berry.
–   D'après l'autobiographie de John Leguizamo, celui-ci se serait fait agresser par Seagal lors du tournage du film. Il lui reproche aussi d'avoir terrorisé le casting et

l'équipe du long-métrage.

–   À l'origine, Seagal devait mourir à cause de la dépressurisation de l'avion (sa tête devait exploser!). L'acteur refusa catégoriquement de tourner cette scène ! Il finit par obtenir gain de cause, le scénario fut modifié et lui offrit une mort plus digne.

–   C'est la deuxième fois que John Leguizamo tourne avec Seagal. L'acteur avait en effet eu un petit rôle dans *Justice Sauvage*.

L'OMBRE BLANCHE (THE GLIMMER MAN)

Année : 1996

Distributeur : Warner Bros

Réalisateur : John Gray

Casting : Steven Seagal (Jack Cole), Keenen Ivory Wayans (Jim Campbell), Brian Cox (Smith), Nikki Cox (Millie)

Budget : 45 millions de dollars

Box-office : 47 millions de dollars (mondial)

Histoire :
À l'époque où il se battait dans les commandos d'élite, Jack Cole était surnommé *L'Ombre Blanche*,

allusion à sa rapidité d'éclair et à son infaillible précision pour éliminer les ennemis. Devenu criminologue, il est envoyé à Los Angeles pour enquêter, avec un jeune inspecteur, sur une étrange vague de meurtres rituels à connotation mystique. Cole découvre bientôt que les dernières victimes ne sont autres que son ex-femme et le mari de celle-ci. Devenu rapidement suspect numéro un, il doit alors sauver sa peau, tout en faisant face à un partenaire méfiant...

ANECDOTES
– À l'origine, c'est Tommy Lee Jones qui devait tenir le rôle joué par Brian Cox.
– Certaines scènes d'action ont été modifiées faute de budget. Par exemple, dans le script d'origine,

Campbell devait vivre sur un bateau (et celui-ci devait exploser). Le final du film aurait dû être un *gunfight* au LA Museum. D'autres scènes ont été retirées au montage, car Warner Bros voulait un film dans la tradition seagalienne (donc moins sombre).

– Le film atteindra la deuxième place du box-office américain.

– Si *L'Ombre Blanche* marche correctement au cinéma, il montre bien la baisse de popularité de Steven Seagal.

MENACE TOXIQUE (FIRE DOWN BELOW)

Année : 1997

Distributeur : Warner Bros

Réalisateur : Felix Enriquez Alcala

Casting : Steven Seagal (Jack Taggart), Marg Helgenberger (Sarah Kellogg), Kris Kristofferson (Orin Hanner)

Budget : 60 millions de dollars

Box-office : environ 20 millions de dollars (mondial)

Histoire :
Trois agents du FBI ont mystérieusement disparu l'un après l'autre, alors qu'ils suivaient une

même enquête dans une ville minière des Appalaches. Une lettre anonyme avait dénoncé des événements étranges : des déchets toxiques seraient déversés dans les collines des environs, mettant en péril l'équilibre écologique de la région. À son tour, Jack Taggart, agent fédéral du Bureau de l'Environnement, est envoyé sur les lieux pour résoudre l'énigme.

ANECDOTES

–   Le rôle principal a été refusé par Bruce Willis.

–   En Espagne, le film a été présenté comme la suite de *Terrain Miné*.

–   Après *Terrain Miné*, Seagal revient dans un nouveau film d'action écologique. Le public n'accroche pas, les critiques sont assassines, c'est un échec retentissant.

–   Suite à ce film, Warner Bros casse le contrat qui la lie à Steven Seagal.

–   *Menace Toxique* reçoit quatre nominations aux Razzie Awards : pire images, pire acteur (Steven Seagal), pire couple (Steven Seagal et sa guitare), et pire chanson originale.

LE PATRIOTE (THE PATRIOT)

Année : 1998

Distributeurs : Buena Vista Home Entertainment (USA), The Walt Disney Compagny (France)

Réalisateur : Dean Semler

Casting : Steven Seagal (Wesley McClaren), Gailard Sartain (Floyd Chisolm), Ayako Fujitani (assisistante de McClaren)

Budget : 25 millions de dollars

Histoire :
Le docteur Wesley McClaren, grand professeur en immunologie s'est retiré dans une paisible ville du Montana. Cette paix est brisée lorsqu'un groupe d'extrémistes

répand une arme biologique dans la ville. La maladie menaçant l'humanité, McClaren décide de mettre hors d'état de nuire ces terroristes.

ANECDOTES

– Après l'échec de *Menace Toxique* et la fin de son contrat avec Warner Bros, Steven Seagal décide de financer avec son propre argent ce nouveau film d'action écologique.

– Si le film sort directement en vidéo aux États-Unis (une première !), il sort dans les cinémas de nombreux autres pays.

– Une partie du film est tournée dans la propre ferme de Seagal, dans le Montana.

– La fille de Steven Seagal, Ayako Fujitani, a un petit rôle dans le film de son père.

–   Ce film marque la dernière collaboration de Seagal avec Julius R. Nasso.

–   En France, le film est connu sous trois différents noms : *Le Patriote*, *Piège à haut risque*, *Justice Finale*.

HORS LIMITES (EXIT WOUNDS)

Année : 2001

Distributeur : Warner Bros

Réalisateur : Andrzej Bartkowiak

Casting : Steven Seagal (Orin Boyd), DMX (Latrell Walker), Isaiah Washington (George Clark), Michael Jai White (Lewis Strutt), Jill Hennessy (Annette Mulcahy), Eva Mendes (Trish)

Budget : 50 millions de dollars

Box-office : 80 millions de dollars (mondial)

Histoire :
Cinquante kilos d'héroïne ont

disparu du dépôt central de la police de Detroit. Pour le policier Orin Boyd, récemment muté dans le quartier le plus dur de la ville, le doute n'est pas permis : les coupables ne peuvent être que son ennemi juré, Montini, et sa bande de ripoux. L'enquête d'Orin s'oriente rapidement vers le principal dealer de Detroit, Latrell Walker. Son but : remonter la filière et faire tomber Walker et ses complices haut placés. Mais l'élégant et richissime gangster est-il vraiment ce qu'il prétend être ? À qui Orin peut-il vraiment faire confiance ?

ANECDOTES
–   Après les échecs des deux films, *Menace Toxique* et *Le Patriote*, une apparition anecdotique dans le film *Get*

Bruce, beaucoup pensaient la carrière de Seagal terminée. Mais c'est mal connaître le personnage ! Warner Bros cherchait un acteur principal pour un nouveau film d'action avec le rappeur DMX en co-star. Seagal obtient le rôle.

– À la surprise générale, le film débute à la première place du box-office américain et devient un des plus gros succès de Steven Seagal. Si les critiques n'adhèrent pas du tout au long métrage, ce n'est pas le cas du public qui se déplace en masse.

– Le cascadeur Chris Lamon, victime d'un accident, décède lors du tournage du film (le 23 août 2000).

– Le casting du film est un des plus prestigieux de la filmographie de Steven Seagal : Isaiah Washington (*Grey's Anatomy*), Jill

Hennessy (*New York District, Preuve à l'appui*), Eva Mendes (*Ghost Rider, Hitch*), Michael Jay White (*The Dark Knight*)

EXPLOSION IMMINENTE (TICKER)

Année : 2001

Distributeurs : Artisan Entertainment (USA), Metropolitan Film & Video (France)

Réalisateur : Albert Pyun

Casting : Steven Seagal (Frank Glass), Tom Sizemore (Ray Nettles), Dennis Hopper (Alex Swan)

Budget : 7 millions de dollars

Histoire :
Afin d'obtenir la libération de sa complice, Swan, un terroriste des plus dangereux, menace de faire

sauter un immeuble de San Francisco toutes les heures. Chargé de l'enquête, l'inspecteur Ray Nettles s'adjoint les services de Frank Glass, le meilleur expert en explosifs du pays. Tous deux vont devoir rivaliser d'efficacité pour anéantir Swan et sa bande, lesquels commencent à mettre leurs menaces à exécution...

ANECDOTES
– Si ce film est sorti après *Hors Limites*, il a été tourné avant.
– *Explosion Imminente* a été tourné en douze jours, il sort directement en vidéo.
– À l'origine, la star du film devait être l'acteur Chuck Norris.
– Le script d'origine date de 1989.
– Steven Seagal a tourné toutes ses scènes en six jours.

– Dennis Hopper n'a été présent sur le tournage que pendant une journée où il a tourné l'intégralité de ses scènes et n'a jamais rencontré Seagal.

– Le réalisateur, Albert Pyun, n'aime pas du tout le résultat final. D'après lui, Nu Image (la boîte responsable du film) aurait changé beaucoup de choses au montage, pour que le film puisse être vendu comme un film seagalien.

MISSION ALCATRAZ (HALF PAST DEAD)

Année : 2002

Distributeurs : Screen Gems (USA), Columbia TriStar Films (France)

Réalisateur : Don Michael Paul

Casting : Steven Seagal (Sacha Petrosevitch), Ja Rule (Nick Frazier), Morris Chestnut (Donny Johnson)

Budget : 13 millions de dollars

Box-office : 20 millions de dollars (mondial)

Histoire :
Alcatraz est considérée comme la

prison de haute sécurité de référence. Mais alors qu'un agent du FBI y est enfermé pour une mission secrète, un commando prend d'assaut ce célèbre pénitencier afin de faire libérer un détenu condamné à mort. L'enjeu : récupérer plus de deux cents millions de dollars !

ANECDOTES
–   Après le succès de *Hors Limites*, Steven Seagal signe un contrat pour deux films chez la puissante boîte Franchise Pictures. *Mission Alcatraz* est le premier long-métrage de ce contrat.
–   Associer Seagal à un rappeur avait porté ses fruits pour *Hors Limites*, l'expérience est donc reconduite avec ce film et la présence de Ja Rule.
–   En 2003, Steven Seagal est

nominé pour ce film, dans la catégorie pire acteur des Razzie Awards.

–   Si ce film est descendu en flèche par la critique, il traîne (à tort) une réputation d'échec commercial. En effet, s'il n'atteint pas le succès de *Hors Limites*, le long-métrage engrange quand même 20 millions de dollars dans le monde. Un bon score pour un film d'action à petit budget (à peine 13 millions de dollars).

–   Une suite est sortie en 2007 (mais sans Steven Seagal). *Mission Alcatraz 2* garnit directement les rayons des vidéoclubs.

–   Toutes les scènes se déroulant à l'intérieur de la prison ont été tournées dans une ancienne prison de la STASI, à Berlin (Allemagne).

–   C'est la deuxième rencontre

entre les acteurs Morris Chestnut et Steven Seagal. Ils avaient déjà tourné *Piège à grande vitesse* ensemble.

L'AFFAIRE VAN HAKEN (THE FOREIGNER)

Année : 2003

Distributeur : Columbia TriStar (USA, France)

Réalisateur : Michael Oblowitz

Casting : Steven Seagal (Jonathan Cold), Max Ryan (Dunoir)

Budget : 16,7 millions de dollars

Histoire :
L'agent secret Jonathan Cold accepte un dernier contrat : transporter pour M. Van Haken un colis et le lui remettre en mains propres. Mais cette mission prend une toute autre tournure lorsqu'il s'aperçoit que de nombreux tueurs

lancés à sa poursuite cherchent à intercepter le précieux et mystérieux colis.

ANECDOTES

– Le film est détesté par la presse et le grand public. Il ne sort pas au cinéma, mais directement en vidéo. Le monde du cinéma ferme ses portes à l'acteur.

– Le film a été entièrement tourné à Warsaw, en Pologne.

– Une suite est tournée en 2005 : *Black Dawn* (*Dernier recours*). Seagal y reprend le rôle de l'agent secret Jonathan Cold.

ULTIME VENGEANCE (OUT FOR A KILL)

Année : 2003

Distributeurs : Columbia TriStar (USA), Metropolitan Film & Video (France)

Réalisateur : Michael Oblowitz

Casting : Steven Seagal (Robert Burns), Michelle Goh (Tommie Ling)

Budget : 14 millions de dollars

Histoire :
Effectuant des fouilles à l'est de la Chine, le brillant archéologue Robert Burns découvre un trafic de drogue orchestré par les Tong, la plus puissante triade du pays.

Convaincues qu'il est impliqué dans cette sombre affaire, les autorités chinoises le jettent en prison mais, sous la pression de la DEA, le relâche afin qu'il les mette sur la piste des Tong. Désormais utilisé comme appât, Burns va devoir affronter une vague de violence sans précédent...

ANECDOTES
– C'est la deuxième (et dernière) collaboration entre le réalisateur Michael Oblowitz et Steven Seagal.
– Ce film a entièrement été tourné à Sofia (Bulgarie).

UN ALLER POUR L'ENFER (BELLY OF THE BEAST)

Année : 2003

Distributeurs : Columbia TriStar (USA), Metropolitan Film & Video (France)

Réalisateur : Ching Siu Tung

Casting : Steven Seagal (Jake Hopper), Byron Mann (Sunti)

Budget : 14 millions de dollars

Histoire :
La fille de Jake Hopper, ancien agent de la CIA, est kidnappée en Thaïlande par des terroristes. Prêt à tout pour la libérer et ne cherchant aucune aide de son gouvernement, Hopper se lance dans une vendetta

sauvage contre les ravisseurs...

ANECDOTES
– Ce film d'action bien filmé est un des DTV (Direct To Video) préféré des fans de Seagal.
– Le long métrage est tourné à Bangkok (Thaïlande).
– Le réalisateur Ching Siu Tung est connu pour son film *Histoires de fantômes chinois*, et pour son rôle de chorégraphe des combats sur *Shaolin Soccer*.

HORS DE PORTEE (OUT OF REACH)

Année : 2004

Distributeur : Columbia TriStar (USA, France)

Réalisateur : Po-Chih Leong

Casting : Steven Seagal (Billy Ray Lansing), Matt Schulze (Faisal)

Budget : 20 millions de dollars

Histoire :
Billy Ray Lansing est un ancien agent secret, qui correspond avec une orpheline en Europe de l'Est. Lorsque la correspondance s'interrompt brusquement, il se rend en Europe pour voir ce qui se passe. Il y découvre tout un réseau

de trafic humain : Billy décide alors de prendre les choses en main...

ANECDOTES

– Un deuxième titre français existe pour ce film : *Le Protecteur*.

– Lorsque le long-métrage était en cours de tournage, il changeait régulièrement de nom. Avant *Out Of Reach*, il s'appelait *The Rescue*, ou encore *The Package*.

– Seagal s'appelle Billy Ray Lansing dans le film, un hommage à son lieu de naissance : la ville de Lansing (Michigan).

– L'acteur Matt Schulze est également connu pour ses prestations dans de nombreux films d'action (*Blade 2*, *Le Transporteur*, *Fast & Furious*).

– Le tournage s'est déroulé du 4 août au 21 septembre 2003.

CLEMENTINE

Année : 2004

Distributeurs : Pulstar Pictures (USA), Pathé (France)

Réalisateur : Kim Doo-Young

Casting : Jun Lee (Kim), Steven Seagal (Jack Miller)

Budget : 2,3 millions de dollars

Histoire :
Kim, champion de Taekwondo décide d'arrêter sa carrière pour prendre soin de sa fille, Sa Rang. Celle-ci est kidnappée, il devra se livrer à un dernier combat pour la récupérer.

ANECDOTES

– *Clementine* n'est pas un film d'action, il se situe plus dans le genre dramatique.

– Steven Seagal n'y a qu'un rôle secondaire, il n'apparaît qu'une dizaine de minutes dans tout le film.

L'HONNEUR DES YAKUZA (INTO THE SUN)

Année : 2005

Distributeur : Columbia TriStar (USA, France)

Réalisateur : Mink

Casting : Steven Seagal (Travis Hunter), Matthew Davis (Sean Mack), Takao Osawa (Kuroda)

Budget : 15 millions de dollars

Histoire :
Quand le gouverneur de Tokyo est assassiné, Travis Hunter, un ex-agent de la CIA, poursuit les terroristes responsables. Lors de son enquête, il se retrouve confronté à un leader Yakuza

montant une énorme affaire de drogue avec la mafia chinoise.

ANECDOTES

– Toutes les chansons de la bande-son de ce film sont écrites et interprétées par Steven Seagal.

– Le film a longtemps été censé être un remake du *Yakuza* de Sydney Pollack. Le résultat final en est très éloigné.

– Pour les scènes où Seagal parle en japonais, c'est l'acteur lui-même qui dit son texte, cette langue n'ayant plus de secret pour lui depuis ses séjours prolongés dans ce pays.

– Si le long-métrage est censé se dérouler à Tokyo (Japon), il est en réalité tourné à Bangkok (Thaïlande), quelques mois à peine avant le tsunami.

– Un autre titre français existe :

Piège au soleil levant.

PIEGE EN EAUX PROFONDES (SUBMERGED)

Année : 2005

Distributeurs : Sony Pictures Home Entertainment (USA), Metropolitan Film & Video (France)

Réalisateur : Anthony Hickox

Casting : Steven Seagal (Chris Cody), Vinnie Jones (Henry), Gary Daniels (Colonel Sharpe)

Budget : 15 millions de dollars

Histoire :
Injustement emprisonné, Chris Cody est un soldat rompu à tous les combats. Aujourd'hui, les services secrets américains ont

besoin de lui pour une mission très périlleuse : investir et détruire une base souterraine utilisée par un mystérieux groupe armé. Après leur fuite à bord d'un sous-marin Alcatraz, à 3000 mètres de profondeur, Cody et ses hommes comprennent qu'on leur a caché la véritable nature de leur mission. Ils doivent à présent enrayer un complot terroriste... ou mourir.

ANECDOTES

– À sa sortie, ce film provoqua de vives réactions en Uruguay. En effet, ce pays est représenté dans le long-métrage comme une république bananière, dirigé par un dictateur sanguinaire. À noter que l'Uruguay du film est en fait la Bulgarie, lieu du tournage.

– D'après l'acteur Gary Daniels, son combat contre Steven

Seagal devait à l'origine durer bien plus longtemps. Mais Seagal décida de le rechorégraphier lui-même le jour du tournage (et de le raccourcir).

– D'après le réalisateur Anthony Hickox, Seagal lui aurait fait vivre le martyr sur le tournage. Il aurait cherché à le faire virer, et serait arrivé avec des heures de retard sur le plateau pour tourner n'importe quoi, n'importe comment (refusant même de doubler sa propre voix). L'histoire s'est réglée par un procès entre l'acteur et Nu Image (la compagnie qui produit le film).

DOUBLE RIPOSTE (TODAY YOU DIE)

Année : 2005

Distributeurs : Sony Pictures Home Entertainment (USA), Metropolitan Film & Video (France)

Réalisateur : Don E. Fauntleroy

Casting : Steven Seagal (Harlan Banks), Anthony « Treach » Criss (Ice Kool), Nick Mancuso (agent Saunders), Sarah Buxton (agent Rachel Knowles)

Budget : environ 15 millions de dollars

Histoire :
Ancien truand reconverti, Harla

Banks vient d'accepter un poste de convoyeur de fonds. Sa première mission consiste à assurer le transit de 20 millions de dollars pour un casino de Las Vegas. Mais son collègue de travail a d'autres plans : il abat les deux agents de sécurité et pointe son arme sur Banks... Après une course-poursuite dans les rues de la ville, Banks se retrouve en prison, accusé à tort. Avec un peu d'aide, il parvient à s'évader, bien décidé à assouvir une vengeance explosive...

ANECDOTES
– C'est la troisième fois que Nick Mancuso et Seagal tournent ensemble (après *Piège en haute mer* et *Piège à grande vitesse*).
– Après *Hors Limites* et *Mission Alcatraz*, c'est la troisième

et dernière fois que Steven Seagal joue au côté d'un rappeur (Anthony « Treach » Criss).

–   Le combattant d'arts martiaux mixtes Randy Couture avait obtenu un petit rôle dans ce film. Mais la scène a été coupée au montage (il jouait le rôle d'un garde du corps).

–   Steven Seagal est un des producteurs du film.

–   Les producteurs de Nu Image entamèrent des poursuites à l'encontre de l'acteur, mis en cause pour son comportement pendant le tournage de ce film (mais également pour *Piège en eaux profondes* et *Mercenary*).

–   Le film a été tourné à Las Vegas et en Bulgarie.

DERNIER RECOURS (BLACK DAWN)

Année : 2005

Distributeurs : Sony Pictures Home Entertainment (USA), Columbia TriStar (France)

Réalisateur : Alexander Gruszynski

Casting : Steven Seagal (Jonathan Cold), Tamara Davies (agent Amanda Stuart), Timothy Carhart (Greer)

Budget : 15 millions de dollars

Histoire :
L'agent spécial Cold infiltre un groupe de trafiquants d'armes afin de les empêcher de vendre une

bombe nucléaire à des terroristes. Lorsque l'agent Stuart qu'il a formé est capturé, tout bascule...

ANECDOTES
– Le film a été tourné de janvier à février 2005, à Santa Clarita (Californie).
– Ce film est la suite de *L'affaire Van Haken*, Seagal y reprend donc le personnage de l'agent Jonathan Cold.
– Steven Seagal devait passer trente jours sur le tournage, mais il n'y resta que 18 jours. Le film dut être achevé avec des doublures, et un changement de scénario donnant plus d'importance au second rôle, tenu par Tamara Davies.
– Le titre a longtemps été *Foreigner 2 : Black Dawn*, en référence à *The Foreigner*

(*L'affaire Van Haken*). Le film sortira cependant sous le titre *Black Dawn*.

–   L'acteur Timothy Carhart est connu pour son rôle de méchant dans *Le Flic de Beverly Hills 3*.

MERCENARY (MERCENARY FOR JUSTICE)

Année : 2006

Distributeurs : 20th Century Fox Home Entertainment (USA), Metropolitan Film & Video (France)

Réalisateur : Don E. Fauntleroy

Casting : Steven Seagal (John Seeger), Roger Gueneviere Smith (Anthony Chapel), Luke Goss (John Dresham), Jacqueline Lord (Maxine Barnol)

Budget : environ 15 millions de dollars

Histoire :
Victime d'un chantage mettant en

péril la vie de ses proches, le mercenaire John Seeger est contraint d'accepter une mission en Afrique du Sud. Celle-ci consiste à s'introduire dans la prison la mieux gardée du pays pour libérer le fils d'un influent trafiquant d'armes... Seeger va se retrouver embarqué dans une très sale affaire où le moindre faux pas risque de lui coûter la vie...

ANECDOTES

– C'est la deuxième collaboration entre Steven Seagal et le réalisateur Don E. Fauntleroy. Ils avaient déjà travaillé ensemble sur *Double Riposte*, et remettront le couvert pour *Urban Justice*.

– L'acteur, en plus du premier rôle, occupe aussi la fonction de producteur exécutif.

– Le film a été tourné en

Bulgarie et à Cape Town (Afrique du Sud).

L'AFFAIRE CIA (SHADOW MAN)

Année : 2006

Distributeurs : Sony Pictures Home Entertainment (USA), Columbia TriStar (France)

Réalisateur : Michael Keusch

Casting : Steven Seagal (Jack Foster), Eva Pope (Anya), Skye Bennett (Amanda Foster)

Budget : environ 15 millions de dollars

Histoire :
Jack Foster, ex-agent de la CIA est utilisé à son insu par des collaborateurs corrompus pour faire sortir des États-Unis un virus

mortel. Lorsqu'il découvre la supercherie, sa fille de huit ans est kidnappée. Pour sauver son enfant et empêcher le virus de tomber aux mains des ennemis, Jack Foster pénètre le dangereux univers de l'espionnage international.

ANECDOTES

– Steven Seagal est également un des producteurs du film.

– L'actrice Skye Bennett (qui joue le rôle de la fille de Jack Foster) retrouvera Steven Seagal dans le film *Against the dark*.

– Le film a été entièrement tourné dans la ville de Bucarest (Roumanie).

– Le script d'origine était écrit par Bay Logan (qui a travaillé sur plusieurs films de Jackie Chan), et était bien différent du script final. En effet, le film devait se passer au

Japon (juste après la Seconde Guerre mondiale) et Seagal devait jouer le rôle d'un officier qui ouvrait une clinique médicale... Il fut modifié par Joe Halpin (qui avait déjà travaillé sur *Piège en eaux profondes*, *L'honneur des yakuza*, et *Double riposte*) et Steven Seagal.

– Le réalisateur allemand Michael Keusch et Steven Seagal vont faire trois films ensemble (*L'affaire CIA*, *Attack force*, et *Vol d'enfer*). Malheureusement, leurs relations vont vite devenir extrêmement tendues ! Keusch a déclaré que Seagal voulait régulièrement lui imposer sa vision des choses. Il affirma également que ce dernier l'aurait menacé à plusieurs reprises...

ATTACK FORCE

Année : 2006

Distributeurs : Sony Pictures Home Entertainment (USA), Columbia TriStar (France)

Réalisateur : Michael Keusch

Casting : Steven Seagal (Marshall Lawson), Lisa Lovbrand (Tia), David Kennedy (Dwayne Dixon)

Budget : environ 12 millions de dollars

Histoire :
Quand Marshall Lawson perd son équipe dans une attaque brutale et imprévue, il décide d'enquêter sur les circonstances de ce massacre. Il se retrouve rapidement aux prises

avec des malfrats qui ont mis en circulation une drogue donnant une force surhumaine à celui qui la consomme.

ANECDOTES

– L'action du film est censée se passer à Paris et à Bastia, mais le film a en réalité été entièrement tourné à Bucarest (Roumanie).

– D'après le scénariste Joe Halpin, le script d'origine était tout à fait différent de celui connu aujourd'hui. Le film avait été écrit et tourné sous le titre *Harvester* et racontait la lutte de Marshall Lawson (Steven Seagal) contre l'invasion de la Terre par des vampires extraterrestres. Mais une fois le film terminé, la production et la compagnie de distribution décidèrent de remplacer l'histoire des extraterrestres par celle de la drogue donnant une force surhumaine. Des scènes ont donc dû être rajoutées et les dialogues ont dû être refaits. La voix de Steven Seagal a donc entièrement été redoublée par un autre.

– Ce film est considéré comme un des pires de Steven Seagal.

– Le réalisateur Michael Keusch affirme que Seagal a fait pression pour transformer ce film en « sous-*Predator 2* ».

VOL D'ENFER (FLIGHT OF FURY)

Année : 2007

Distributeurs : Sony Pictures Home Entertainment (USA), Columbia TriStar (France)

Réalisateur : Michael Keusch

Casting : Steven Seagal (John Sands), Steve Toussaint (Ratcher), Ciera Payton (Jessica)

Budget : environ 12 millions de dollars

Histoire :
Après avoir déserté, John Sands, un ancien agent secret de l'US Air Force, se voit contraint d'accepter une dernière mission : retrouver un

avion de combat qui a été détourné par une armée rebelle se trouvant au nord de l'Afghanistan.

ANECDOTES

– C'est la dernière collaboration entre le réalisateur allemand Michael Keusch et Steven Seagal. La tension était telle entre les deux hommes, qu'un maximum de *stock-shot* (série d'images empruntées à des documents d'archives et insérées dans un film) furent utilisées pour le film, réduisant ainsi leur temps passé ensemble...

– Si une grande partie de l'action se passe en Afghanistan, le film a été en réalité entièrement filmé en Roumanie.

– *Vol d'enfer* est un remake du film de 1988, *Black Thunder* (avec Michael Dudikoff).

–   Sur ce film, Seagal est à la fois acteur principal, producteur, et scénariste.

URBAN JUSTICE

Année : 2007

Distributeurs : Sony Pictures Home Entertainment (USA), Columbia TriStar (France)

Réalisateur : Don E. Fauntleroy

Casting : Steven Seagal (Simon Ballister), Eddie Griffin (Armand Tucker), Carmen Serano (Alice Park), Danny Trejo (El Chivo)

Budget : environ 12 millions de dollars

Histoire :
Lorsque son fils policier est descendu dans une fusillade, l'officier Simon Ballister réclame vengeance. Dans la rue, il va

affronter la moitié du quartier pour retrouver le meurtrier de son fils.

ANECDOTES

–   C'est la troisième et dernière collaboration entre le réalisateur Don E. Fauntleroy et Steven Seagal.

–   C'est la deuxième fois que Danny Trejo jouait avec Seagal (après *Désigné pour mourir*).

–   Pendant le tournage, la puissante boîte de production Screen Gems voulut sortir le film au cinéma. L'idée fut rapidement abandonnée...

–   Le film a été tourné à Albuquerque (Nouveau-Mexique) et à Los Angeles (Californie).

–   *Urban Justice* a été tourné en deux mois (novembre et décembre 2006).

–   En Angleterre, le film est

sorti sous un autre titre : *Renegade Justice.*

JEU FATAL (PISTOL WHIPPED)

Année : 2008

Distributeurs : Sony Pictures Home Entertainment (USA), Columbia TriStar (France)

Réalisateur : Roel Reiné

Casting : Steven Seagal (Matt Conlin), Lance Henriksen (le vieil homme), Renée Elise Goldsberry (Drea)

Budget : environ 10 millions de dollars

Histoire :
Matt Conlin, ancien flic et joueur compulsif a tout perdu et croule sous les dettes. Mais lorsqu'on lui

offre d'effacer son passif en échange de l'assassinat du plus grand gangster de la ville, il prend une décision qui changera sa vie pour toujours.

ANECDOTES
–   Le titre d'origine du film était *Marker*.
–   Le film a été tourné à Bridgeport (USA) en mai et juin 2007.
–   Aux États-Unis, le DVD s'écoule à plus de 2850000 exemplaires. Ce succès est en grande partie dû au personnage inhabituel joué par Steven Seagal. L'acteur est plus que crédible en ex-flic alcoolique, rongé par le démon du jeu, et père indigne. Sa lutte pour retrouver la lumière, et l'admiration de sa fille, est assez émouvante.

NEWS MOVIE (THE ONION MOVIE)

Année : 2008

Distributeur : 20th Century Fox Home Entertainment (USA, France)

Réalisateurs : Tom Kuntz, Mike Maguire

Casting : Len Cariou (Norm Archer), Steven Seagal (le cogneur de burnes), Sarah McElligott (Melissa Cherry)

Budget : inconnu

Histoire :
News Movie vous offre des points de vue et des nouvelles toutes fraîches, non-censurées et

désinhibées en provenance du monde entier.

Dans un accès de délire, quand on demande au présentateur du JT News, Norm Archer, de compromettre son intégrité journalistique pour satisfaire un nouveau sponsor, il ne s'énerve pas... Il pète clairement les plombs !

ANECDOTES

–   Si le film est sorti en juin 2008, il a été tourné fin 2003 à en Californie (à Los Angeles et Santa Clarita).

–   Un film plutôt inhabituel pour Steven Seagal... En effet, *News Movie* est une comédie ! Elle se présente sous la forme d'un journal télévisé d'actualités dont chaque reportage est un portrait satirique ou parodique des États-

Unis d'aujourd'hui. L'acteur (qui ne manque pas d'humour) y joue le rôle du « Cock Puncheur », en se parodiant lui-même.

–	C'est le premier second rôle de Seagal depuis *Ultime Décision*, en 1996.

KILLING POINT (KILL SWITCH)

Année : 2008

Distributeur : First Look International (USA), seven7 (France)

Réalisateur : Jeff King

Casting : Steven Seagal (Jacob King), Michael Filipowich (Lazerus), Aliyah O'Brien (Judith)

Budget : environ 10 millions de dollars

Histoire :
Jacob King est l'un des détectives les plus célèbres des États-Unis. Sa façon très brutale d'appliquer la justice sur le terrain est légendaire.

Mais lors de sa dernière enquête, King tombe sur plus violent que lui en la personne de Lazerus, un tueur aussi malin que sadique qui terrorise la ville de Memphis. La chasse pour coincer Lazerus fait chavirer King dans un monde de luxure et de perversions où violences réelle et fantasmée se confondent...

ANECDOTES

– Le film a été tourné à Vancouver, au Canada, du 9 octobre 2007 au 13 novembre 2007.

– Steven Seagal est à la fois acteur principal, producteur exécutif, et unique scénariste du film.

– L'actrice Aliyah O'Brien retrouvera Seagal pour le film *Maximum Conviction*.

– Le but de ce film était de ramener Seagal au cinéma : objectif en partie raté. Le film sort au cinéma aux Émirats arabes unis, et au Japon.

– Le film est en grande partie gâché par un montage entièrement raté.

AGAINST THE DARK

Année : 2009

Distributeur : Sony Pictures Home Entertainment (USA, France)

Réalisateur : Richard Crudo

Casting : Steven Seagal (Tao), Tanoai Reed (Tagart), Skye Bennett (Charlotte)

Budget : environ 9 millions de dollars

Histoire :
Frappée par une guerre nucléaire, la planète a été vampirisée par des monstres assoiffés de sang. Tao, un maître en arts martiaux, prend la tête d'un escadron composé d'anciens militaires des forces

spéciales pour livrer une ultime bataille. Face à l'épidémie, il est le seul et unique espoir des quelques rares survivants réfugiés dans un hôpital.

ANECDOTES

– *Against the dark* est le premier film d'horreur de Steven Seagal.

– Ce film a été tourné à Bucarest, en Roumanie.

– Après *L'affaire CIA*, c'est la deuxième fois que l'actrice Skye Bennett tourne avec Seagal.

– Ce film est un des plus mal-aimés de la filmographie de Seagal (avec *Attack force*).

LE PRIX DU SANG (DRIVEN TO KILL)

Année : 2009

Distributeurs : 20th Century Fox Home Entertainment (USA), Studio Canal (France)

Réalisateur : Jeff King

Casting : Steven Seagal (Ruslan), Robert Wisden (Terry Goldstein), Igor Jijikine (Mikhail), Zak Santiago (détective Lavastic)

Budget : environ 10 millions de dollars

Histoire :
Ruslan est un ancien gangster russe. Lors du mariage de sa fille, il découvre que son nouveau

gendre n'est autre que le fils de son ennemi juré Mikhail. Sa famille menacée, Ruslan doit malgré lui renouer avec son passé, avec armes, haine et violence...

ANECDOTES
– Après *Killing point*, c'est la deuxième fois que Steven Seagal collabore avec le réalisateur Jeff King.
– Le film a été tourné à Prague, et à divers endroits du Canada.
– L'acteur Zak Santiago retrouvera Steven Seagal dans le film *Maximum Conviction*.

SOUS HAUTE PROTECTION (THE KEEPER)

Année : 2009

Distributeurs : 20th Century Fox Home Entertainment (USA), Studio Canal (France)

Réalisateur : Keoni Waxman

Casting : Steven Seagal (Roland Sallinger), Liezl Carstens (Nikita Wells), Steph DuVall (Conner Wells)

Budget : environ 10 millions de dollars

Histoire :
Roland Sallinger est un policier de Los Angeles, qui, pris au piège, est forcé d'abattre son coéquipier

corrompu. Contraint de quitter la police, il se réfugie au Nouveau-Mexique et devient le garde du corps de la fille d'un puissant homme d'affaires texan. La jeune femme devient rapidement sa protégée, quand soudain un commando criminel la kidnappe...

ANECDOTES

– Le film a été entièrement tourné au Nouveau-Mexique.

– C'est la deuxième collaboration entre Seagal et le réalisateur Keoni Waxman. Ils ont tourné ensemble *Dangerous Man* et *Maximum Conviction*.

– Après *Urban Justice*, c'est la deuxième fois que l'actrice Liezl Carstens joue avec Steven Seagal.

DANGEROUS MAN (A DANGEROUS MAN)

Année : 2009

Distributeurs : Paramount Home Entertainment (USA), Seven7 (France)

Réalisateur : Keoni Waxman

Casting : Steven Seagal (Shane Daniels), Byron Mann (le Colonel), Marlaina Mah (Tia)

Budget : environ 6,5 millions de dollars

Histoire :
Shane Daniels vient de passer quinze années en prison pour un crime qu'il n'a pas commis. Juste après sa libération, il est témoin

d'une transaction mafieuse qui dégénère. Des membres d'un gang et des policiers sont tués, ne laissant qu'une fille apeurée et un sac plein d'argent. Shane va devoir se battre au sein d'une ville corrompue tout en protégeant la jeune fille de la mafia chinoise qui l'avait prise en otage...

ANECDOTES
– Le film a été filmé avant *Sous haute protection*, mais est sorti après.
– Le tournage a eu lieu à Vancouver, au Canada.
– Après *Un aller pour l'enfer*, c'est la deuxième fois que l'acteur Byron Mann joue avec Steven Seagal. S'ils étaient alliés dans le premier film, ils sont cette fois ennemis (et en viendront aux mains).

–   C'est   la   première collaboration entre le réalisateur Keoni Waxman et Steven Seagal. Ils remettront le couvert pour *Sous haute protection* et *Maximum Conviction.*

MACHETE

Année : 2010

Distributeurs : 20th Century Fox Film Corporation (USA), Sony Pictures Releasing (France)

Réalisateurs : Robert Rodriguez, Ethan Maniquis

Casting : Danny Trejo (Machete), Robert De Niro (Sénateur John McLaughlin), Jessica Alba (agent Sartana), Michelle Rodriguez (Luz), Steven Seagal (Rogelio Torrez), Don Johnson (Von Jackson), Lindsay Lohan (April)

Budget : 10,5 millions de dollars

Box-office : 44 millions de dollars (mondial)

Histoire :

Ils ont cru qu'il était un simple ouvrier, un bouc-émissaire idéal pour porter le chapeau d'un assassinat politique. Ils ignoraient qu'il s'agissait de Machete, un ancien agent fédéral hors pair, une légende de la gâchette, une redoutable machine à tuer...

Laissé pour mort après son affrontement avec le puissant baron de la drogue mexicain Torrez, Machete s'est réfugié au Texas, où il cherche à oublier son passé. La tentative d'assassinat d'un sénateur et un coup monté vont faire de lui l'homme le plus recherché du pays. Cette fois, Machete est bien décidé à se venger et à dénoncer une corruption rampante et tentaculaire.

ANECDOTES

– C'est le premier film avec Steven Seagal à sortir au cinéma depuis *Mission Alcatraz*, en 2002.

– Après *Désigné pour mourir* et *Urban Justice*, c'est la troisième fois que Danny Trejo et Seagal jouent ensemble.

– C'est la première fois que Seagal joue le rôle d'un méchant dans un film. C'est aussi la première fois qu'il perd un combat.

– Le film a été tourné à Austin, au Texas.

RENDEZ-VOUS EN ENFER (BORN TO RAISE HELL)

Année : 2010

Distributeurs : Voltage Pictures (USA), Seven7 (France)

Réalisateur : Lauro Chartrand

Casting : Steven Seagal (Bobby Samuels), Dan Badarau (Dimitri), Darren Shahlavi (Costel)

Budget : 10 millions de dollars

Histoire :
Bobby Samuels est un agent d'Interpol envoyé en mission en Europe de l'Est. Sa cible : les trafics d'armes et de drogue dans les Balkans. Son but : dépister et éliminer les trafiquants. Son

enquête le mène sur la piste d'un redoutable dealer russe mais, au moment d'intervenir, ses hommes se retrouvent pris sous les feux des Russes et d'un gang de gitans. L'affrontement se solde par la mort d'un membre de l'équipe de Bobby. Désormais, ce dernier va mener sa propre guerre contre les trafiquants...

ANECDOTES
–   Le film a été tourné en quatre semaines (en novembre 2009) aux Castel Film Studios de Bucarest, en Roumanie.
–   Pour ce film, Steven Seagal est à la fois acteur principal, producteur, et scénariste.